Doce Flautear

Flauta Doce Soprano

CIDADE MUSICAL

2ª Edição
Curitiba 2017

Autores:

Ana Cristina Rissette Schreiber

Luciane Cristina Simionato

Marcos Schreiber

Ilustração e Projeto Gráfico:

Aline Scheffler

Revisão Ortográfica:

Juliana Sigwalt

Dados internacionais de catalogação na publicação
Bibliotecária responsável: Mara Rejane Vicente Teixeira

Schreiber, Ana Cristina Rissette
    Doce flautear : flauta doce soprano / Ana Cristina Rissette Schreiber, Luciane Cristina Simionato, Marcos Schreiber ; ilustração : Aline Gonçalves dos Santos Scheffler. - Curitiba, PR : Cidade Musical, 2014.
    116 p. : il. ; 21 cm. + CD

    Acompanha CD
    Inclui bibliografia
    ISBN 978-85-68460-00-9

1. Flauta doce - Instrução e estudo - Infanto juvenil.
I. Simionato, Luciane Cristina. II. Schreiber, Marcos. III. Título.

                                                CDD (22a ed.)
                                                788.35

2ª Edição - 2017

Todos os direitos reservados. Nenhuma parte dessa obra poderá ser reproduzida, estocada em sistema de banco de dados ou similar, nem transmitida por qualquer forma ou meio, seja eletrônico, de fotocópia, gravação, etc..., sem a permissão do autor.

AGRADECEMOS

A Deus, razão de nossa existência.
... às nossas famílias e nossos filhos, pelo amor incondicional.
... aos alunos da Cidade Musical, Colégio Positivo e do Colégio Internacional Everest, que são frutos das vivências deste material.

AUTORES

Ana Cristina Rissete Schreiber é especialista em Educação Musical pela Escola de Música e Belas Artes (PR). Licenciada em Música pela Escola de Música e Belas Artes (PR). Graduada em Pedagogia Plena pela Faculdade de Filosofia, Ciências e Letras "Ministro Tarso Dutra" (SP). Formada no Curso Técnico em Instrumento Piano e Flauta Doce pelo Conservatório Musical Villa Lobos de Adamantina (SP). Recebeu diversos prêmios pela Associação Brasileira de Editores Cristãos (ABEC) na Categoria Multimídia de Ensino. Atua como professora, assessora de música e coordenadora dos projetos pedagógicos e musicais do CIDADE 300 Multimídia e Cidade Musical produzindo CDs, vídeos e materiais didáticos. Ministra oficinas, cursos de extensão e pós-graduação na área de Educação Musical em vários lugares do Brasil.

Luciane Cristina Simionato é Mestre em Educação Musical – Programa Master of Arts in Music, pela Campbellsville University. Especialista em Planejamento Educacional e Docência do Ensino Superior, Licenciada em Música pela Escola de Música e Belas Artes do Paraná e Bacharel em Musicoterapia pela Faculdade de Artes do Paraná. Atua como professora de Música no Colégio Internacional Everest e ministra curso de capacitação para professores no curso de Pós-Graduação em Educação Musical do CENSUPEG (Centro Sul Brasileiro de Pesquisa, Extensão e Pós-Graduação).

Marcos Schreiber é graduado em Engenharia Elétrica pelo Cefet, atual Universidade Tecnológica Federal do Paraná. Compositor, arranjador, pianista, produtor musical. Fundou o Cidade 300 Multimídia, atuando em diversas produções para o ensino de Música e Línguas, além de gravações de vídeos didáticos para coleções pedagógicas e materiais paradidáticos. Algumas publicações do Cidade 300 e Cidade Musical:

Editora Positivo: Coleção Música no Ensino Fundamental; CDs do Grupo Vocal Positivo.

Editora Ciranda Cultural: Coleção Pedagógica Alfabetizando Através da Música; Coleção Pedagógica Ciranda Cirandinha; Lenga La Lenga: Jogos de Mãos e Copos.

Editora Luz e Vida: Meu Primeiro Louvor Volume 1 e 2; Educação Musical com Princípios para Crianças.

Editora Arco: Diversos Musicais com Mig & Meg.

Conheça mais pelo site: www.cidademusical.com.br.

APRESENTAÇÃO DA OBRA

Este material é indicado para professores e alunos do Ensino Fundamental – Anos Iniciais, Escolas de Música e ONGs que utilizam o ensino da flauta doce. Acompanha CD de áudio, partituras, letras, atividades, sugestões didáticas e anexos com jogos. O link *"Fique de OLHO!"* traz sugestões de sites, livros, áudios, vídeos e pesquisas relacionadas com o conteúdo abordado e também sugestões de atividades que ampliam a temática. Vídeos e sugestões de como realizar algumas das brincadeiras e canções propostas serão disponibilizados no youtube através do canal "Cidade Musical", além de textos e artigos no site www.cidademusical.com.br. Se houver interesse, algumas das músicas deste livro podem ter seu playback disponibilizado, entre em contato com as autoras através do site.

O link *"Vamos tocar em conjunto?"* traz sugestões de práticas instrumentais coletivas, sendo essencial experimentar os ostinatos com sons do corpo e depois com instrumentos de percussão, podendo ser utilizado o instrumento indicado ou adaptando-se a critério do professor.

O objetivo deste material é que o aluno vivencie diferentes papéis, como o de executante, apreciador e compositor. Possibilitamos diferentes cenários na execução da flauta doce, com acompanhamento de playback, percussão corporal, canto, instrumentos musicais ou recursos alternativos como bola, copos, entre outros.

Consideramos importante o processo de musicalização e pré-leitura musical, antes que se dê o início do estudo da notação tradicional na flauta doce. Sugerimos o material didático "Iniciação Musical com Mig e Meg" volume 1, da Editora Arco, para a introdução de noções da música e da pré-leitura na flauta doce.

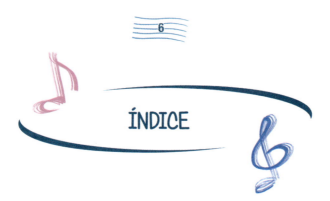

ÍNDICE

Flauta	09
Família da flauta doce	10
Partes da flauta doce soprano	11
Notas musicais	13
Notação musical	17
Claves	19
Clave de sol	20
Vamos tocar flauta?	21
Posição da nota dó	21
Figuras Musicais: mínima e semínima	22
Partes de uma figura	23
Colocação das hastes	23
Posição da nota lá	24
Compassos	25
Figuras Musicais: pausas	27
Divisão proporcional de valores	27
Compressão de compassos	30
Ponto de aumento	31
Posição da nota si	31
Sinal de repetição: ritornello	33
Posição da nota sol	35
Ostinato	37
Figuras Musicais: colcheia	42
Sinal de repetição: dal segno (D.S.)	46
Ligadura de prolongamento	46
Posição da nota ré (aguda)	47
Compassos simples	50
Posição da nota mi	53
Cânone	56
Posição da nota ré (grave)	59
Beethoven	64
Semínima pontuada	65

Posição da nota fá 67
Posição da nota dó (grave) 67
Posição da nota si bemol 76
Posição da nota fá sustenido 80
Mozart 81
Posições da flauta doce soprano barroca 86
Orientações práticas para o estudo da flauta doce 87
Referências 88
Respostas das Atividades 90

ANEXOS

Anexo 1: Partitura "Com meu Corpo" 95
Anexo 2: Partitura "O Tambor e o Pandeiro" 96
Anexo 3: Jogo da memória das notas e cifras 97
Anexo 4: Jogo da memória das notas Lá, Si e Dó 99
Anexo 5: Jogo da memória das figuras de som e silêncio 103
Anexo 6: Jogo da memória das notas Si, Dó e Ré 105
Anexo 7: Jogo da memória das notas Sol, Lá, Si, Dó e Ré 107
Anexo 8: Jogo da memória das notas graves: Fá, Mi, Ré e Dó 111
Anexo 9: Jogo da memória das notas musicais na pauta 115

FAIXAS CD

Nome	Faixa CD	Página
Flauta Doce Sopranino	01	10
Flauta Doce Soprano	02	10
Flauta Doce Contralto	03	10
Flauta Doce Tenor	04	10
Flauta Doce Baixo	05	10
Quinteto de Flautas	06	10
Notas Musicais (*Luciane Simionato*)	07	14
Pauta Musical (*Marcos Schreiber*)	08	17

Nome	Faixa CD	Página
Sorvetinho (*Luciane Simionato*)	09	22
Tocando (*Marcos Schreiber*)	10	26
Minha Flauta Mágica (*Marcos Schreiber*)	11	30
Atividade: Células Rítmicas	12	32
Atividade: Células Melódicas	13	32
Lá, Si e Dó (*Marcos Schreiber*)	14	33
Mary Had a Little Lamb (*Cultura Popular dos EUA*)	15	36
O Pulo da Bola (*Marcos Schreiber e Marilene Arndt*)	16	39
Au Clair de La Lune (*Cultura Popular da França*)	17	40
Chocolate (*Cultura Popular do Uruguai*)	18	41
Com Meu Corpo (*Marcos Schreiber*)	19	44
Sola Sido (*Marcos Schreiber*)	20	45
Winter Ade (*Cultura Popular Alemã*)	21	49
Tocando em Sol Maior (*Marcos Schreiber*)	22	51
O Pião (*Cultura Popular de Portugal*)	23	52
O Tambor e o Pandeiro (*Marcos Schreiber*)	24	54
Marcha (*Luciane Simionato*)	25	55
Hotaru Koi (*Cultura Popular do Japão*)	26	56
Segura Peão (*Marcos Schreiber*)	27	58
Atividade: Células Melódicas	28	60
Big Ben (*Melodia Tradicional*)	29	60
Old Mac Donald (*Cultura Popular dos Estados Unidos*)	30	61
Siyahamba (*Cultura Popular da África do Sul*)	31	62
Fragmento da 9ª Sinfonia (*Beethoven*)	32	65
Hickory Dickory Dock (*Cultura Popular dos Estados Unidos*)	33	68
Camptown Races (*Stephen Foster*)	34	70
Quadrilha dos Instrumentos (*Marcos Schreiber*)	35	72
Atividade: Células Rítmicas	36	72
Pra Lá e Pra Cá (*Marcos Schreiber*)	37	74
A Banda (*Marcos Schreiber*)	38	75
Twinkle Twinkle Little Star (*Melodia Tradicional*)	39	77
Aram Sam Sam (*Cultura Popular do Marrocos*)	40	78
Fragmento da Pequena Serenata Noturna (*Mozart*)	41	81
Jennie Mamma (*Cultura Popular do Caribe*)	42	82
Epo I Tati Tai Ê (*Cultura Popular da Nova Zelândia*)	43	84

FLAUTA

Existem vários tipos de flauta:

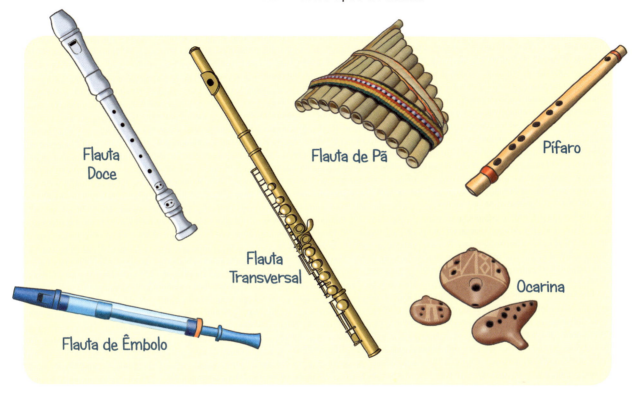

Não se sabe exatamente quando a flauta doce surgiu, mas registros históricos comprovam que todos os povos, em algum momento de sua história, desenvolveram instrumentos de sopro parecidos com a flauta.

Historiadores contam que os primeiros modelos de flauta parecidos com o que temos atualmente apareceram no continente europeu no século XIV, sendo conhecidos pelo nome de **flauta de bisel** ou **flauta medieval**. No período do Renascimento (aproximadamente entre os anos 1400 e 1600) e no período do Barroco (entre 1600 e 1750), a flauta passou a ser muito importante, tanto como um instrumento solista ou para a produção de música em grupo.

Flauta chinesa feita de bambu

A família da flauta doce, como hoje a conhecemos, passou a ser construída a partir do século XV. No final do século XVII, passou a ter presença assídua nas orquestras: Johann Sebastian Bach e Georg Friederich Haendel escreveram muitas peças em que ela era utilizada.

No início do século XX, o flautista Arnold Dolmetsch, no desejo de interpretar músicas originalmente escritas para a flauta doce, teve o trabalho de reconstruir e recuperar esse instrumento. Segundo estudiosos, os primeiros modelos de flauta em plástico foram fabricados pela marca Schott & Co. na Inglaterra durante a Segunda Guerra Mundial.

Em meados de 1920, a flauta doce foi resgatada na Europa para ser utilizada na educação musical. Atualmente, ela é feita de madeira, embora possa ser de plástico ou marfim. A denominação *doce* significa *suave*.

Família da FLAUTA DOCE

A família da flauta doce é formada pelas flautas: sopranino, soprano, contralto, tenor e baixo, com tamanhos diferentes. Quanto maior a flauta, mais grave é o seu som e, quanto menor, mais agudo ele se torna. As flautas tenor e baixo são grandes e possuem chaves para facilitar a digitação. Ouça o som de cada uma delas:

- Faixa 01 Sopranino
- Faixa 02 Soprano
- Faixa 03 Contralto
- Faixa 04 Tenor
- Faixa 05 Baixo

A flauta doce utilizada para a iniciação dos estudos é a flauta doce soprano. Existem dois modelos: a barroca e a germânica, sendo que a barroca é a mais indicada.

Ouça o quinteto de flautas tocando e tente reconhecer o som de cada uma delas.

Faixa 06

Partes da FLAUTA DOCE SOPRANO

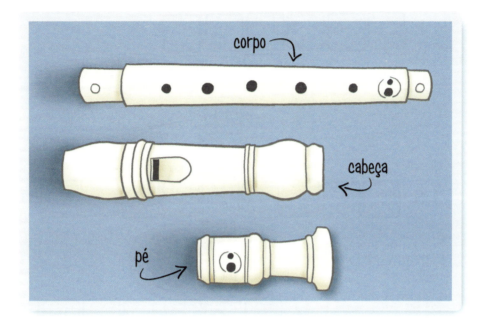

Para uma boa sonoridade, é importante observar a postura e a respiração correta, tanto na inspiração quanto na expiração, controlando o ar. Podemos tocar em pé ou sentados, mantendo a postura corporal com a coluna reta e os pés apoiados no chão. É importante lembrar que não se pode encostar os dentes no bocal da flauta, não se deve juntar ou separar demais os cotovelos e os ombros devem ficar relaxados.

 Vídeos, reportagens e discografias do Quarteto de Flautas "Quinta essentia"
www.quintaessentia.com.br

 **Complete a cruzadinha abaixo:**

1. É uma flauta sem orifícios, na qual o executante utiliza movimentos de vai e vem para produzir o som.

2. É a flauta com o som mais grave da família da flauta doce apresentada neste livro.

3. É a flauta com o som mais agudo da família da flauta doce.

4. É o modelo indicado para iniciar os estudos da flauta doce.

5. Geralmente é construída de metal e tocada na posição horizontal.

NOTAS MUSICAIS

A origem das notas musicais data do século XI com Guido D'Arezzo, um monge italiano que nomeou as notas tomando por base um hino em latim:

UT queant laxis
REsonare fibriis
MIra gestorum
FAmuli tuorum
SOLve pollute
LAbiis reatum
Sancte Joannes

Tradução:
Para podermos cantar
Dignamente as maravilhas
Que o Senhor em ti realizou
Purificai os nossos lábios impuros
Ó São João

 Cante a canção e escreva abaixo quais são as notas musicais:

_____

 Saiba mais sobre a história da origem das notas musicais no site: www.brasilescola.com/artes/musica.htm

NOTAS MUSICAIS

Luciane C. Simionato
Harm. Marcos Schreiber

Em alguns países, as notas musicais são representadas pelas sete primeiras letras do alfabeto e foram introduzidas aproximadamente no ano de 540 pelo Papa Gregório, o Grande. Em alguns países, como por exemplo no Brasil, essas letras não são utilizadas para representar o nome das notas musicais na pauta, mas são conhecidas como cifras, representando os acordes.

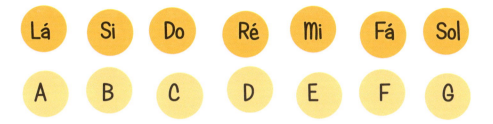

(Em alemão, o "B" é substituído pela letra "H")

 Fale os nomes das notas conforme a direção (ascendente ou descendente) e a nota inicial indicada pelo professor.

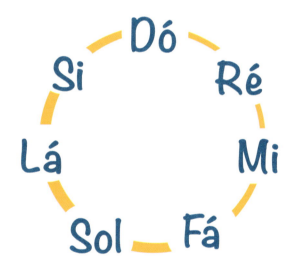

Anexo 3
Págs. 97 e 98
Jogo da Memória das Notas e Cifras

Brinque com os cartões do Anexo 3 para memorizar o nome das notas musicais e cifras.

 Agora é sua vez! Complete a sequência das notas musicais:

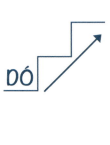   

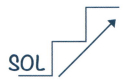   

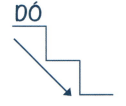 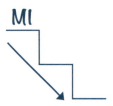  

 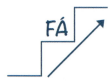 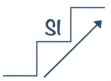 

NOTAÇÃO MUSICAL

Da mesma forma que aprendemos a ler para poder compreender o sistema de escrita em qualquer língua, utilizamos um sistema de escrita com símbolos para representar os sons. Esse sistema chama-se **Notação Musical**. Ele foi se aperfeiçoando e hoje podemos registrar com mais precisão as composições. Antigamente, existia o ofício de escrita das partituras; hoje, com a tecnologia, existem diversos programas para fazer esta notação. A notação musical pode ser considerada uma linguagem universal, uma vez que uma partitura pode ser executada por um músico em qualquer parte do mundo.

Veja o exemplo de uma partitura abaixo:

Faixa 08

PAUTA MUSICAL
Marcos Schreiber

Em cin-co li-nhas e qua-tro es-pa-ços Vou de-se-nhan-do as no-tas mu-si cais. Ca-da u-ma tem o seu va-lor, Jun-tas for-mam u-ma mú-si-ca. Vou es-cre-ven-do a pau-ta mu-si-cal As no-tas tem ca-da uma o seu lu-gar. Com seu rit-mo elas vão e e vêm. Jun-tas for-mam u-ma mú-si-ca!

 Cante a canção e escreva o que você entendeu sobre o que é a pauta:

_____

_____

Há muitos anos atrás, por volta do século X, surgiu pela primeira vez uma linha onde se escreviam as notas musicais. Esse sistema de notação musical teve sua origem proveniente dos cantos gregorianos. Era, entretanto, um sistema impreciso.

Com o tempo, foram acrescentadas mais linhas, até que no século XI, um monge chamado Guido d'Arezzo, desenvolveu o que hoje chamamos de *Pauta* ou *Pentagrama* (do grego *penta* = cinco e *grama* = linha). Com a junção dessas duas palavras, temos o pentagrama, ou seja, cinco linhas. As cinco linhas paralelas e horizontais formam quatro espaços entre elas e são sempre contadas de baixo para cima.

Observe que as notas podem ficar escritas acima da linha, abaixo da linha ou ainda sobre ela, de acordo com o movimento que o som faz: sobe (quando o som é mais agudo), desce (quando o som é mais grave) e permanece no lugar (sons iguais).

 Pinte de AZUL as notas que estão acima da linha.
Pinte de VERDE as notas que estão abaixo da linha.
Pinte de VERMELHO as notas que estão sobre a linha.

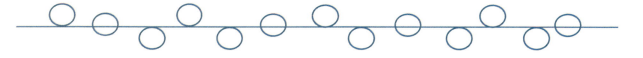

 Enumere as linhas e os espaços abaixo:

 Vamos treinar a posição das notas na pauta?
Desenhe uma nota musical no lugar indicado:

| 1ª Linha | 3ª Linha | 5ª Linha | 1º Espaço | 3º Espaço |

| 4ª Linha | 2ª Linha | 5ª Linha | 2º Espaço | 4º Espaço |

CLAVES

No início da pauta, colocamos um sinal que se chama **clave**. Esse sinal serve para orientar a escrita das notas na pauta quanto ao seu nome e altura. Existem três claves: a clave de sol, fá e dó.

𝄞	A clave de sol é mais utilizada para instrumentos agudos, tais como flauta doce, violino etc.
𝄢	A clave de fá é mais utilizada para instrumentos graves, tais como a flauta baixo e o contrabaixo. O piano, por causa da sua extensão, utiliza as duas claves: sol e fá.
𝄡	A clave de dó normalmente é utilizada para instrumentos que ficam no meio das duas claves, ou seja, de sons médios, como a viola.

CLAVE DE SOL

A clave de sol nasce na 2ª linha da pauta, fixando a nota Sol e, consequentemente, as outras notas. Para tocar flauta, utilizamos a clave de Sol. Veja no exemplo abaixo a posição da nota Sol na pauta e alguns de seus vizinhos:

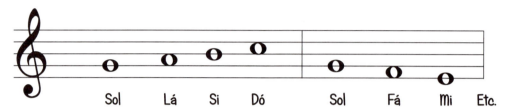

 Vamos treinar o desenho da clave de Sol? Contorne as claves abaixo, sempre começando pelo centro e seguindo na direção da flecha.

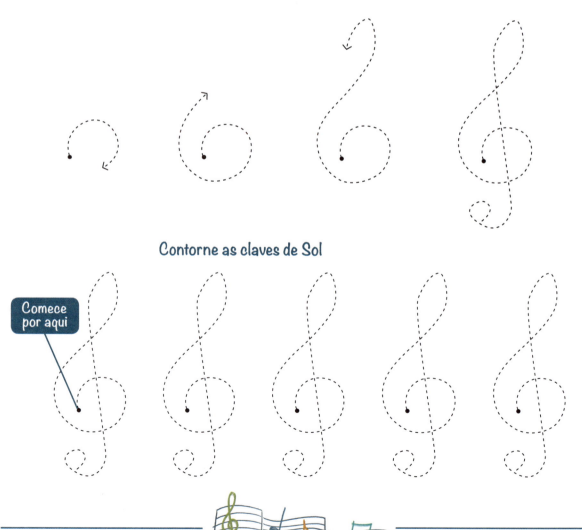

Contorne as claves de Sol

Comece por aqui

 Desenhe claves de sol na pauta abaixo:

Qual é a nota acima do Sol?   Qual é a nota abaixo do Sol?

Sol ___   Sol ___

VAMOS TOCAR FLAUTA?

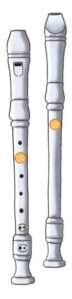

A posição inicial mais utilizada para tocar flauta doce é a posição **Si**, posição de pinça. Segundo Rosa Lúcia de Mares Guia (2004), a utilização da posição **Dó** (polegar e terceiro dedo da mão esquerda) é a mais indicada por causa da sensação de equilíbrio, deixando a mão em posição funcional.

POSIÇÃO DA NOTA DÓ

 Ouça a canção SORVETINHO

Você percebeu que nessa canção escutamos notas com sons mais longos e notas com sons mais curtos? Tente reproduzir!

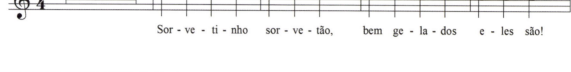

Escreva o sabor do seu sorvete preferido: _____

FIGURAS MUSICAIS: MÍNIMA E SEMÍNIMA

Conforme ouvimos, tocamos e vimos na partitura, os sons foram representados:

 Quais são as semelhanças e as diferenças dessas figuras?

_____

_____

Atividade — Escreva o nome das figuras:

PARTES DE UMA FIGURA

HASTE
CABEÇA
HASTE para cima
HASTE para baixo

COLOCAÇÃO DAS HASTES

A posição da haste na partitura segue algumas regras:

Notas escritas na 3ª linha e abaixo da 3ª linha: haste para cima do lado direito

 ← 3ª linha

Notas escritas na 3ª linha e acima da 3ª linha: haste para baixo do lado esquerdo

 ← 3ª linha

Cuidado: se colocarmos a haste do lado contrário, criaremos um número 6 ou 9.

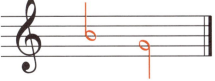

 Agora é sua vez! Seguindo as regras, coloque as hastes nas figuras:

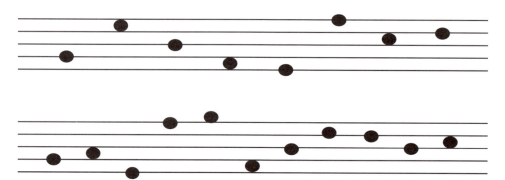

POSIÇÃO DA NOTA LÁ

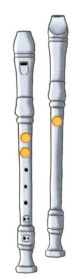

Que - ro ver vo - cê to - car to - dos jun - tos va - mos já!

 Observe a canção "QUERO VER" na partitura acima e responda:

Em qual clave está escrita esta canção? _____

Quais as figuras de ritmo utilizadas? _____

Qual é a nota musical utilizada nesta canção? _____

Onde essa nota é escrita na pauta? _____

Qual sinal nesta partitura ainda não estudamos? _____

COMPASSOS

Para organizar a música, é necessário utilizar uma medida de tempo, chamada **ritmo**. Esse ritmo é escrito através das figuras de som e silêncio (na partitura da página anterior, as figuras da mínima e semínima). Logo no começo da pauta existe um sinal, chamado *fórmula de compasso*. O número de *cima* (numerador) significa quantos tempos teremos em *cada compasso*. O número de *baixo* (denominador) significa qual a figura que *valerá um tempo,* que no caso do quatro é a semínima.

 Analise a partitura da canção "QUERO VER" na página anterior e responda:

Qual é o número de cima da fórmula do compasso? _____

Quantos tempos precisamos ter dentro de cada compasso? _____

Qual é o número de baixo da fórmula de compasso? _____

Quantos compassos temos neste exemplo? _____

Na canção QUERO VER, o compasso indicado é 4/4, denominado COMPASSO QUATERNÁRIO.

 Responda às questões abaixo:

Quantas semínimas são necessárias para formar um compasso quaternário? _____

Quantas mínimas são necessárias para formar um compasso quaternário? _____

Observe a partitura acima: nela observamos que uma parte é tocada pelo professor e a outra pelos alunos. Isso significa que enquanto o professor toca, os alunos fazem silêncio. Em música, denominamos esse silêncio de **PAUSA**.

FIGURAS MUSICAIS: PAUSAS

Todas as figuras de som têm a sua figura correspondente de silêncio:

DIVISÃO PROPORCIONAL DE VALORES

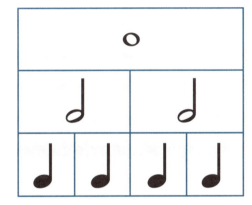
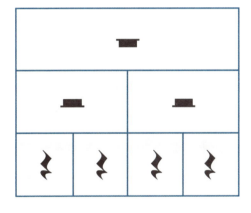

Registre a nova figura e sua pausa:

SEMIBREVE	PAUSA da SEMIBREVE

A semibreve é a figura que vale 4 semínimas, portanto preenche um compasso quaternário.

Atividade — Reescreva a música "TOCANDO", usando a pausa da semibreve:

Observe:

$$o = \text{♩} + \text{♩}$$

$$o = \text{♩} + \text{♩} + \text{♩} + \text{♩}$$

Atividade — Ligue as figuras correspondentes:

   Mínima

   Pausa da Mínima

   Pausa da Semínima

   Semibreve

   Pausa da Semibreve

   Semínima

 Divida os compassos de acordo com a fórmula de compasso indicada:

 Vamos compor? Utilize as figuras de ritmo: mínima e semínima e as notas musicais DÓ e LÁ. Depois toque a sua composição.

 MATEMÁTICA MUSICAL - Faça como no exemplo:

○ = __2__ 𝅗𝅥   ▬ = ____ ▬   𝅗𝅥 = ____ ♩

○ = ____ ♩   ▬ = ____ 𝄽

COMPRESSÃO DE COMPASSOS

Podemos observar na partitura acima mais um símbolo desconhecido até agora:

Essa barra mais grossa, com o número 4 acima significa que temos quatro compassos em espera, denominado *compressão de compassos* (em inglês: multimeasure rests). Neste caso, é a introdução da música, onde ouviremos quatro compassos e tocaremos na sequência. O número que aparece acima da barra indica a quantidade de compassos em espera, sendo uma forma de facilitar a escrita musical e pode aparecer tanto no início quanto no meio ou final da música.

PONTO DE AUMENTO

Como o próprio nome diz, o **ponto de aumento** aumenta o valor da figura. É um sinal colocado ao lado direito de uma nota ou de uma pausa, aumentando metade do seu valor. Assim, é importante lembrar que o ponto de aumento irá variar de acordo com a figura acompanhada.

POSIÇÃO DA NOTA SI

Vamos criar uma letra e um título para a música abaixo? Procure observar o número de sílabas em cada nota musical.

Título: _____

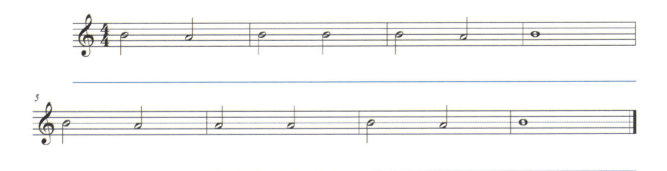

Atividade — Enumere as células rítmicas de acordo com a sequência ouvida.

Faixa 12

Atividade — Brinque com as possibilidades rítmicas através do jogo de ecos: professor-aluno e depois aluno-aluno.

Anexo 4
Págs. 99 à 102
Jogo da Memória
Notas Lá, Si e Dó

- Enumere as células melódicas de acordo com a sequência ouvida, utilizando os cartões do Anexo 4.

 Faixa 13

- Brinque com as possibilidades melódicas através do jogo de ecos: professor-aluno e depois aluno-aluno.

- Crie uma melodia organizando a sequência de cartões à sua escolha.

- Escolha uma sequência das células melódicas da atividade anterior. Registre sua composição.

 Ouça a canção e descubra na melodia o que é igual e o que é diferente. Depois, toque.

LÁ, SI e DÓ
Marcos Schreiber

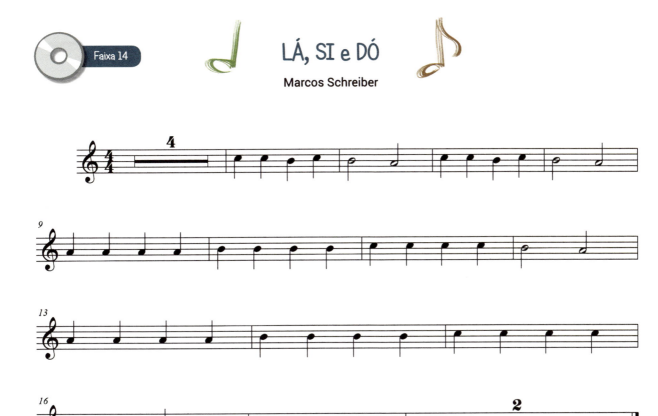

 Circule a melodia que se repete, depois realize o eco melódico com as flautas.

Este é o **RITORNELLO**, símbolo que indica retornar.

 Circule o RITORNELLO na partitura acima.

 Escolha dois instrumentos de percussão realizando o eco rítmico com as figuras rítmicas descritas na melodia. Desenhe os instrumentos escolhidos:

 Escreva o nome das notas musicais na pauta abaixo:

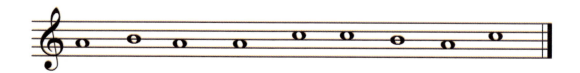

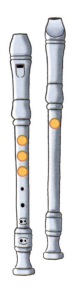
POSIÇÃO DA NOTA SOL

Sol   sol   sol   sol   sol.   Es - ta_é_a no - ta   sol!

 ## EU QUERO VER

Luciane Simionato

Eu   que - ro   ver   vo - cê   to - car,

sem   ter   me - do   de   er - rar!

 Escreva o nome das notas musicais na pauta abaixo:

 Nesta próxima canção, quem inventa a letra e o título é você!

Título: _____

 Cante a canção MARY HAD A LITTLE LAMB.
Toque a melodia com a flauta doce.

 ## MARY HAD A LITTLE LAMB

Cultura Popular dos Estados Unidos

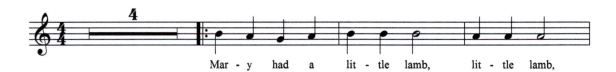
Mar-y had a lit-tle lamb, lit-tle lamb,

lit-tle lamb, Mar-y had a lit-tle lamb

whose fleece was white as snow.

 Realize a leitura do OSTINATO com percussão corporal.

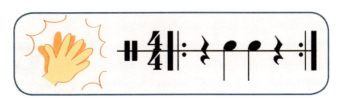

Segundo o dicionário Zahar, **ostinato** é uma figura melódica ou rítmica repetida persistentemente. Neste caso realizamos um ostinato rítmico.

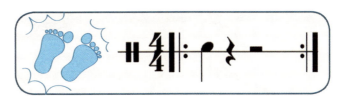

 Defina dois instrumentos de percussão para realizar o ostinato, como por exemplo: no ostinato realizado pelos pés, tocar tambor; e quando o ostinato for realizado pelas mãos, tocar caxixi.
Registre os instrumentos definidos:

VAMOS TOCAR EM CONJUNTO?

Realize a leitura da flauta doce, acompanhando a melodia com o CD. Quando a leitura da flauta doce estiver sendo feita com segurança, passe à leitura da percussão. Toque em conjunto em três naipes (ou seja, três grupos): flauta doce, percussão 1 e percussão 2.

 Observe a representação das Américas. Localize e pinte os Estados Unidos.

O continente americano é o segundo maior continente do mundo, dividido em três partes: América do Norte, América Central e América do Sul. São 35 países no total, sendo que os Estados Unidos estão localizados na América do Norte. A capital dos Estados Unidos é Washington D.C.

  Acesse o site do IBGE, Canais: IBGE 7-12 anos e confira mapas e informações interessantes. www.ibge.gov.br

Atividade — Cante a canção e marque o pulso batendo palmas ou passando uma bola para o colega. Em círculo, sentados no chão, jogue a bola (rolando no chão) no primeiro tempo de cada compasso.

O PULO DA BOLA

Marcos Schreiber e Marilene Arndt

VAMOS TOCAR EM CONJUNTO?

Realize a leitura da flauta doce 1, acompanhando a melodia com o CD. Quando a leitura da flauta doce 1 estiver sendo feita com segurança, passe à leitura da flauta doce 2. Toque em conjunto em dois naipes: flauta doce 1 e flauta doce 2.

Ouça a canção ou veja o vídeo ORA BOLAS, composição de Paulo Tatit e Edith Derdyk, do CD Canções de Brincar - Palavra Cantada.

www.palavracantada.com.br

Cante a canção AU CLAIR DE LA LUNE. Toque o pau de chuva criando um ambiente sonoro (pano de fundo) e o triângulo nos finais das frases (pausa da semínima). Toque a melodia com a flauta doce.

AU CLAIR DE LA LUNE

Cultura Popular da França

Au clair de la lu - ne

mom ami Pi - er - rot. Prê - te moi ta

plu - me, pour ecri - re un mot.

Observe a representação da Europa: localize e pinte a França.

Bandeira da França

A Europa é um dos menores continentes do mundo, mas seu poder político e econômico é um dos mais importantes do planeta. São 49 países no total. A França fica na Europa Ocidental e sua capital é Paris.

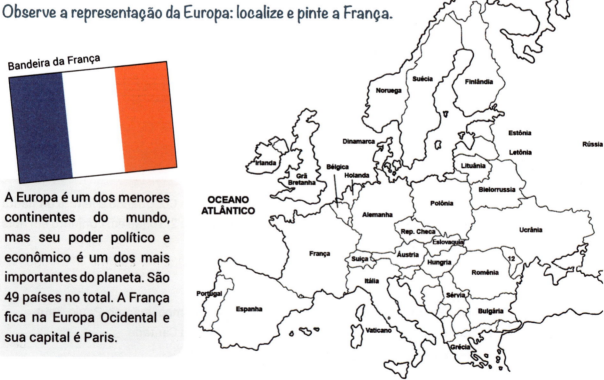

 Ouça o áudio da parlenda "CHOCOLATE" e para cada sílaba crie uma batida usando o seu corpo (batendo os pés, as mãos, etc.)

 CHOCOLATE

Cultura Popular do Uruguai

CHOCO CHOCO LA LA
CHOCO CHOCO TE TE
CHOCO LA, CHOCO TE
CHOCO LA TE

 Em duplas, defina três sons corporais para realizar em cada "sílaba" indicada e registre.

CHOCO	LA	TE

Apresente sua criação para seus colegas.

Escolha outras palavras com quatro sílabas e realize a percussão corporal. Exemplo: BI CI CLE TA.

Observe as figuras de ritmo da parlenda:

 **CHOCOLATE**

Cultura Popular do Uruguai

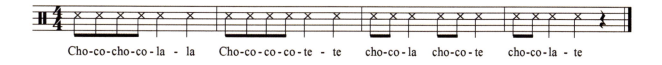

Cho-co-cho-co-la - la   Cho-co-co-co-te - te   cho-co-la   cho-co-te   cho-co-la - te

FIGURAS MUSICAIS: COLCHEIA

Esta figura se chama **COLCHEIA**. A colcheia é uma figura musical que representa metade da semínima, ou seja, precisamos de duas colcheias para representar uma semínima. As partes da colcheia são: cabeça, haste e colchete.

 Assim como temos a figura do som, temos a figura do silêncio correspondente.

Uma colcheia pode estar unida a outra, através de um traço, quando estiverem em sequência, como no exemplo.

Complete o quadro com as figuras de som:

		𝅗𝅥	
	♩		
		♪	

 MATEMÁTICA MUSICAL - Responda em forma de figuras musicais:

♩ + ♩ = ___   𝅗𝅥 + ♩ + 𝅗𝅥 = ___   𝅗𝅥 + 𝅗𝅥 = ___

___ + 𝅗𝅥 = 𝅝   ♪ + ♪ = ___   ♪ + ♪ + ♩ = ___

 Observe a representação da América do Sul. Localize e pinte o Uruguai.

Bandeira do Uruguai

O Uruguai é um dos 12 países da América do Sul, que faz parte do continente americano. A capital do Uruguai é Montevidéu.

 Escreva o nome das notas musicais:

Anexo 5
Págs. 103 e 104
Jogo da Memória das figuras de som e silêncio

Brinque com os cartões em anexo para memorizar as figuras de som e silêncio.

COM MEU CORPO

Marcos Schreiber

FAZENDO PERCUSSÃO, USANDO O PRÓPRIO CORPO,
PRIMEIRO BATENDO NAS PERNAS, DEPOIS OS DEDOS E MÃOS:
FAZENDO ASSIM, FAZENDO ASSIM, FAZENDO ASSIM, FAZENDO ASSIM.

SENTINDO A PULSAÇÃO, USANDO OS SONS DO CORPO,
MARCANDO OS TEMPOS BEM CERTOS, CRIANDO FORMAS E SONS:
FAZENDO ASSIM, FAZENDO ASSIM, FAZENDO ASSIM, FAZENDO ASSIM.

 Vamos treinar a figura da colcheia fazendo a percussão corporal! Realize a primeira sugestão batendo as mãos nas pernas e batendo palmas. Depois, inclua o estalo com os dedos.

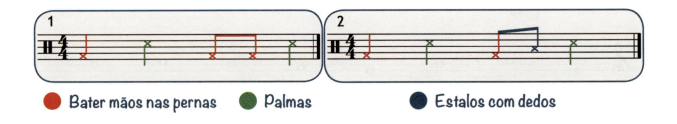

● Bater mãos nas pernas   ● Palmas   ● Estalos com dedos

 Invente um OSTINATO RÍTMICO para acompanhar a canção. Registre aqui:

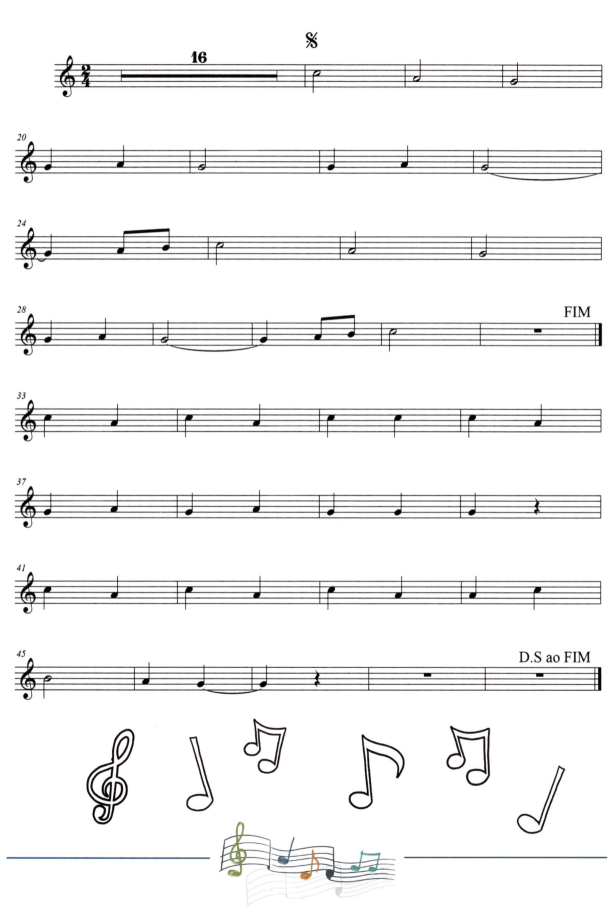

Podemos observar na partitura ao lado um novo sinal de repetição: **DAL SEGNO (D.S)** ou, em português, *do sinal*.

Esse sinal é utilizado quando queremos repetir um trecho da canção a partir de qualquer ponto da música (neste caso, depois da introdução). É um tipo de repetição que requer indicação e caminha junto a outro símbolo.

Ex: D.S al fine (Do sinal ao fim).

Nesta canção o compasso indicado é 2/4, denominado COMPASSO BINÁRIO.

 Analise a partitura da canção "SOLA SIDO" e responda:

Qual o número que aparece acima na fórmula de compasso? _____

Brinque com as possibilidades rítmicas através do jogo de ecos, destacando o compasso binário: professor/aluno e depois aluno/aluno. Combine com os alunos o número de compassos binários para realizar o jogo, estimulando a atenção, criatividade e percepção auditiva.

Brinque com as possibilidades melódicas utilizando as notas Sol, Lá, Si e Dó realizando o eco melódico.

LIGADURA DE PROLONGAMENTO

É uma linha curva que serve para ligar duas ou mais notas de mesma altura, utilizada para prolongar o valor da nota.

Ligadura de prolongamento

 Circule a LIGADURA DE PROLONGAMENTO e o sinal DAL SEGNO na música "SOLA SIDO".

POSIÇÃO DA NOTA RÉ

Eu já vou a - pren - der a to - car a no - ta Ré!

Complete os compassos em branco criando a melodia e escolha um título para sua composição.

Título: _____

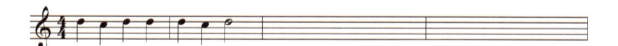

Escreva o nome das notas:

 Cante a canção "SUBIR E DESCER". Toque a melodia com a flauta doce.

SUBIR E DESCER
Luciane Simionato

Eu já sei su - bir, sei tam - bém des - cer.

Sei tam - bém co - mo pu - lar, e as no - ti - nhas sei to - car.

 Vamos compor? Utilize o ritmo proposto e realize sua composição melódica com as notas SOL, LÁ, SI, DÓ e RÉ.

Anexo 6
Pág. 105
Jogo da Memória
Notas Si, Dó e Ré

- Identifique as células melódicas e suas notas correspondentes.
- Toque na flauta doce as células melódicas deste anexo e crie uma melodia organizando uma sequência de cartões à sua escolha.

 Cante a canção WINTER ADE. Toque a melodia com a flauta doce.

WINTER ADE
Canção Popular Alemã

Nesta canção, o compasso indicado é 3/4, denominado COMPASSO TERNÁRIO.

 Analise a partitura e responda:

Qual é o número acima da fórmula do compasso? _____
Quantos tempos precisamos ter em cada compasso? _____
Qual é o número abaixo da fórmula de compasso? _____
Qual é o nome da figura que vale um tempo? _____
Quantos compassos temos neste exemplo? _____

Brinque com as possibilidades rítmicas através do jogo de ecos, destacando o compasso ternário: professor-aluno e depois aluno-aluno. Combine com os alunos o número de compassos ternários para realizar o jogo.

Defina as notas estudadas na flauta doce e realize o eco melódico em compasso ternário.

COMPASSOS SIMPLES

COMPASSO BINÁRIO	2/4
COMPASSO TERNÁRIO	3/4
COMPASSO QUATERNÁRIO	4/4

 **Atividade** — Escreva a fórmula de compasso dos trechos abaixo:

TOCANDO EM SOL MAIOR
Marcos Schreiber

Atividade — Responda:

Quantas 𝑜 temos nesta canção? _____   Quantas ♩ temos nesta canção? _____

Qual é o compasso? Escreva o nome e a fórmula de compasso: _____

Além dos compassos da introdução, quantos compassos há nesta canção? _____

O PIÃO
Cultura Popular de Portugal

Faixa 23

Eu te-nho um pi-ão, um pi-ão que dan-ça, eu te-nho um pi-

ão vem na mi-nha mão. Gi - ra que gi - ra o meu pi-

ão, mas não mu-dou, nem por um tos - tão. Eu te-nho um pi-

ão, um pi - ão que dan - ça, eu te - nho um pi-

ão, vem na mi - nha mão.

Atividade

Dance pulando com os dois pés ao mesmo tempo (duas semínimas), dobrando os joelhos e girando o corpo na lateral (mínima), simulando a dança do Vira de Portugal.

♩♩ PULA

♩ GIRA

fique de OLHO!

Pesquise o áudio ou o vídeo da música de Roberto Leal "A Dança do Tiro Liro".

Ouça a canção "Maria Helena - O Pião", do livro *Lenga La lenga: Jogos de mãos e copos*.

Bandeira de Portugal

Anexo 7
Págs. 107 e 108
Jogo da Memória Notas
Sol. Lá. Si. Dó e Ré

Brinque com os cartões em anexo para memorizar as notas musicais.

Portugal é um país localizado na Europa, sua capital é Lisboa.

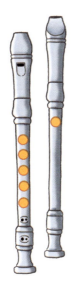

POSIÇÃO DA NOTA MI

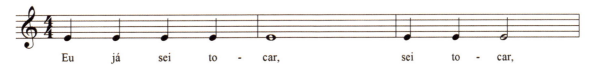

Eu já sei to - car, sei to - car,

sim, sei to - car a no - ta Mi

Depois de tocar, invente uma letra e um título para a canção.

Título: _____

Escreva o nome das notas na pauta abaixo:

O TAMBOR E O PANDEIRO

Marcos Schreiber

O TAMBOR E O PANDEIRO GOSTAM DE BRINCAR,
UM IMITA O OUTRO REPETINDO EM SEGUIDA,
VAMOS VER O QUE ACONTECE,
A MÚSICA QUE FAZ:

COM AS VOZES NÓS TAMBÉM GOSTAMOS DE BRINCAR,
UM IMITA O OUTRO REPETINDO EM SEGUIDA,
VEJA SÓ O QUE ACONTECE,
UM CÂNONE SE FAZ!

 Ouça a canção e registre as semelhanças e diferenças ouvidas:

_____
_____
_____
_____

Realize a leitura rítmica do ostinato do tambor e do pandeiro e toque acompanhando o áudio.

MARCHA
Luciane Simionato

Faixa 25

Atividade Ouça a canção e realize os ostinatos rítmicos com instrumentos de percussão:

VAMOS TOCAR EM CONJUNTO?

Realize a leitura da flauta doce, acompanhando a melodia com o CD. Quando a leitura da flauta doce estiver sendo feita com segurança, passe à leitura da percussão. Toque em conjunto em quatro naipes: flauta doce, percussão 1, percussão 2 e percussão 3.

HOTARU KOI
"VENHA VAGALUME"
Cultura Popular do Japão

Faixa 26

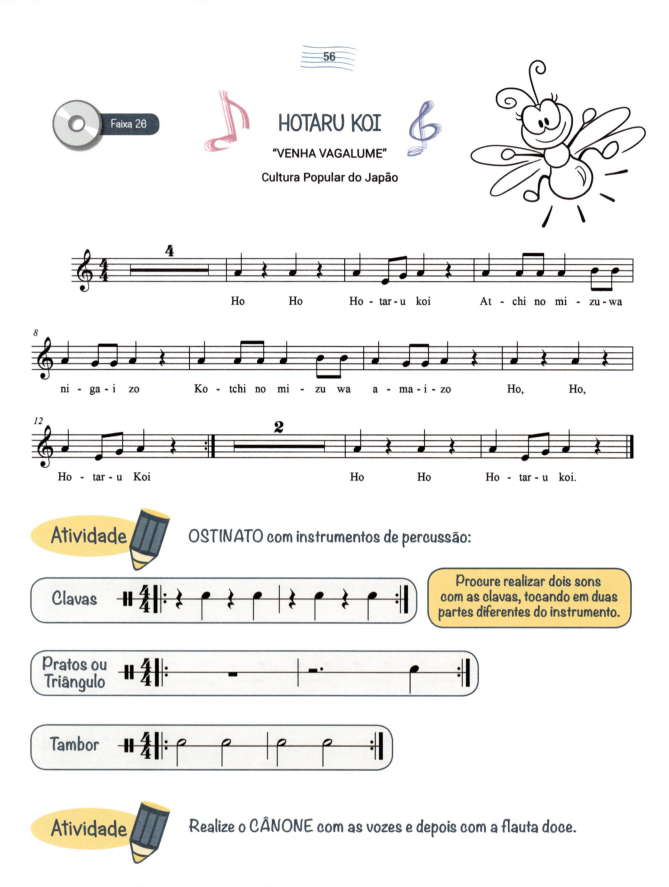

Atividade — OSTINATO com instrumentos de percussão:

Clavas

Procure realizar dois sons com as clavas, tocando em duas partes diferentes do instrumento.

Pratos ou Triângulo

Tambor

Atividade — Realize o CÂNONE com as vozes e depois com a flauta doce.

Segundo o Dicionário de Música Zahar, **cânone** é uma técnica ou peça através da qual uma melodia imita a outra como se a estivesse perseguindo. Tem um tema cantado por uma voz que é repetida por outras vozes no decorrer da peça.

 Observe a representação da Ásia. Localize e pinte o Japão.

A Ásia é o maior continente do mundo e tem a maior população do planeta. São 53 países no total, sendo o Japão um desses países. O Japão é um país insular, ou seja, um conjunto de ilhas na Ásia Oriental e sua capital é Tóquio.

Pesquise sobre o KOTO, instrumento típico do Japão e toque o *"Koto Virtual"*:

Ouça canções do Japão e do mundo em *"De Todos os Cantos do Mundo"*, de Heloisa Preito e Magda Pucci. São Paulo: Companhia das Letrinhas, 2008; acompanha CD.

Ouça a canção Hotaru Koi e outras canções do mundo no CD Grupo Vocal 2014: 4º volume, do Colégio Positivo.

SEGURA PEÃO!

Marcos Schreiber

 Ouça a canção e realize os ostinatos rítmicos com instrumentos de percussão:

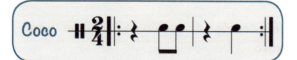
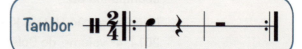

Atividade

VAMOS TOCAR EM CONJUNTO?

Realize a leitura da flauta doce, acompanhando a melodia com o CD. Quando a leitura da flauta doce estiver sendo realizada com segurança, passe à leitura da percussão 1 e 2. Toque em conjunto em três naipes: flauta doce, percussão 1 e percussão 2.

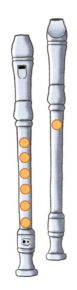

POSIÇÃO DA NOTA RÉ GRAVE

OBSERVE NA PAUTA A DIFERENÇA DA LOCALIZAÇÃO DO RÉ AGUDO E RÉ GRAVE:

A nota Ré aguda é escrita na 4ª linha da clave de sol.

A nota Ré grave é escrita no espaço suplementar inferior, logo abaixo da primeira linha.

Atividade

Realize ecos melódicos das células sugeridas abaixo:

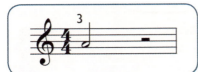
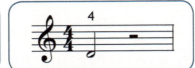

Atividade

Ouça a canção e descubra a sequência das células melódicas utilizadas:

Faixa 28

◯ ◯ ◯ ◯ ◯ ◯ ◯

Defina uma sequência com quatro células melódicas do exercício anterior, criando a sua melodia. Registre:

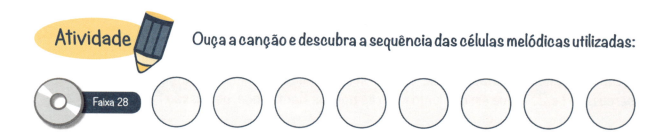

Faixa 29

BIG BEN

Melodia Tradicional

Atividade

VAMOS TOCAR EM CONJUNTO?

Realize a leitura da flauta 2, acompanhando a melodia com o CD. Quando a leitura da flauta doce 2 estiver sendo realizada com segurança, passe à leitura da flauta doce 1. Toque em conjunto em dois naipes: flauta doce 1 e 2.

OLD MAC DONALD

Cultura Popular dos Estados Unidos

Old Mac Do - nald had a farm Ee i ee i o And

on his farm he had _____ Ee i ee i o With a ___

_____ here and a _____ there. Here a ___ there a ___ eve - ry where a ___

Old Mac Do - nald had a farm Ee i ee i o.

Preencha acima nas linhas em branco com o nome do animal, conforme ouvir na canção.

 Escolha dois instrumentos e realize o ostinato abaixo acompanhando a canção:

Instrumento 1:

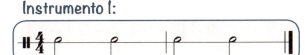

Instrumento 2:

Crie um ostinato para acompanhar a canção:

VAMOS TOCAR EM CONJUNTO?

Cante a canção e depois realize a leitura da flauta doce, acompanhando o CD.
Quando a leitura da flauta doce estiver sendo realizada com segurança, passe à leitura da percussão. Toque em conjunto em três naipes: flauta doce, percussão 1 e percussão 2.

SIYAHAMBA

"CAMINHANDO PELA LUZ DE DEUS"

Cultura Popular da África do Sul

Si-ya - hamba e-ku-kha-nye-ni kwen-khos, Si-ya-hamba-e-ku-kha-nie-ni kwen-khos.

Si-ya - hamba e - ku-kha - nye-ni kwen-khos Si - ya - hamba-e - ku - kha - nie - ni kwen - khos.

Si-ya-ham-ba O, o Si-ya-hamba-e-ku-kha-nie-ni kwen-khos. Si-ya-

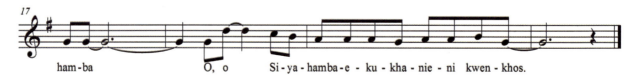

ham-ba O, o Si-ya-hamba-e - ku-kha-nie - ni kwen - khos.

Realize os ostinatos sugeridos, acompanhando a canção.
Toque a melodia com a flauta doce.

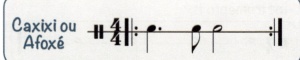

VAMOS TOCAR EM CONJUNTO?

Cante a canção e depois realize a leitura da flauta, acompanhando o CD.

Quando a leitura da flauta doce estiver sendo realizada com segurança, passe à leitura da percussão. Toque em conjunto em quatro naipes: flauta doce, percussão 1, percussão 2 e percussão 3.

 Observe a representação do continente africano. Localize e pinte a África do Sul.

Bandeira da África do Sul

O continente africano é um dos que possui a maior quantidade de etnias do mundo e o maior número de países, em um total de 54, sendo a África do Sul um dos mais importantes.

Diferente da maioria dos países, na África do Sul existem três cidades consideradas como capitais do país: Cidade do Cabo é a capital legislativa; Pretória é a capital administrativa e Bloemfontein é a capital judiciária.

Para ler sobre a África e ouvir mais canções:

Outras terras, outros sons de Maria Berenice de Almeida & Magda Dourado Pucci. São Paulo: Callis, 2011 – acompanha CD.

Música Africana na Sala de Aula, de Lilian Abreu Sodré. São Paulo: Duna Dueto, 2010 – acompanha CD.

BEETHOVEN

Você já ouviu falar de *Ludwig Van Beethoven*? Ele foi um dos mais respeitados e influentes compositores de música erudita de todos os tempos. Nasceu em Bonn, na Alemanha em 1770 e morreu em Viena, na Áustria em 1827. Viveu como um compositor da transição entre um período da história da música chamado Classicismo (século XVIII) e o Romantismo (século XIX). Vamos tocar um trecho de uma de suas principais obras: a **9ª Sinfonia**, que Beethoven compôs já no seu final de vida, quando estava completamente surdo.

Atividade

Observe a representação do continente europeu. Localize e pinte a Alemanha e a Áustria.

Bandeira da Alemanha

Bandeira da Áustria

A Europa é um dos seis continentes do mundo. Sua população é considerada a quarta maior população do planeta. Beethoven nasceu na Alemanha, cuja capital é Berlim; e faleceu na Áustria, cuja capital é Viena.

Fragmento da
9ª SINFONIA
Ludwig Van Beethoven

O nome desta figura de ritmo é **semínima pontuada**. Ela vale o valor da semínima (um tempo) + o valor do ponto de aumento (você se lembra de que o ponto de aumento faz a nota valer uma metade a mais do seu valor?). Assim, ela vale um tempo e meio.

Ela pode ser representada também das seguintes formas:

 Toque a melodia com a flauta doce.

 Realize com palmas, um de cada vez, os ostinatos sugeridos.

1.    2.

3.    4.

Escolha um ostinato e um instrumento para acompanhar a canção.

Se preferir, pode criar seu ostinato, registrando abaixo:

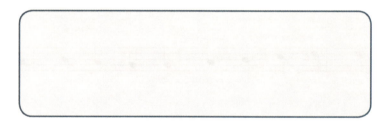

 Pesquise o áudio ou vídeo de algumas das composições de Beethoven: Pour Elise, 5ª Sinfonia em Dó Menor, Sonata ao Luar (Moonlight Sonata), entre outras.

Saiba mais sobre a história de Beethoven:

- *"Beethoven"*, Coleção Folha Música Clássica para Crianças, de Isabel Zambujal. São Paulo: Folha de S.Paulo, 2013. (Acompanha CD)

- *"Crianças Famosas: Beethoven* , de Ann Rachlin & Susan Hellard. São Paulo: Callis Editora, 1995.

- *"Mestres da Música: Beethoven* , de Mike Venezia. São Paulo: Ed. Moderna, 1999.

- DVD *"Beethoven"* da Coleção "Heróis da Humanidade". São Paulo: Ed. Ciranda Cultural.

POSIÇÃO DAS NOTAS FÁ E DÓ GRAVE

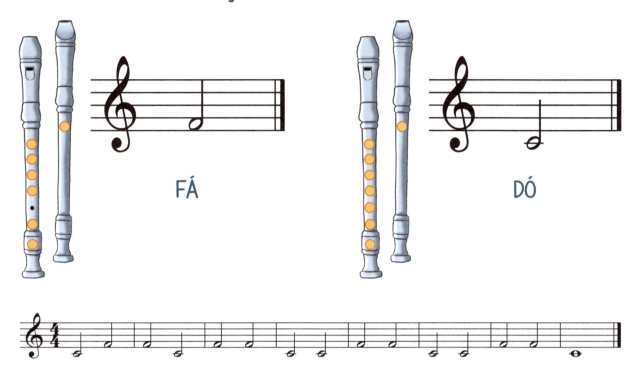

 FÁ E DÓ

Luciane Simionato

Que - ro ver vo - cê to - car, sem ter me - do de er - rar, es - te é o Fá,

es - te é o Dó, que - ro a - pren - der pa - ra já to - car!

HICKORY DICKORY DOCK
Cultura Popular dos Estados Unidos

Hick - o - ry dick - o - ry dock.

The mouse ran up the clock.

The clock struck one, the mouse ran down,

Hick - o - ry dick - o - ry dock.

Pandeiro

Tambor

Atividade — VAMOS TOCAR EM CONJUNTO?

Cante a canção e depois realize a leitura da flauta, acompanhando o CD. Quando a leitura da flauta doce estiver sendo realizada com segurança, passe à leitura da percussão. Toque em conjunto em três naipes: flauta doce, percussão 1, e percussão 2.

Anexo 8
Págs. 111 e 113
Jogo da Memória Notas
Graves Fá, Mi, Ré e Dó

Brinque com os cartões em anexo para memorizar as notas musicais graves na flauta doce.

 **Atividade** Encontre as respostas no caça-palavras abaixo:

1. A nota Sol encontra-se na segunda _____ da clave de sol.

2. A nota Lá encontra-se no _____ espaço da clave de sol.

3. Para tocar flauta doce, utilizamos a leitura das notas escritas na _____.

4. O compasso 4/4, ou seja, aquele que tem quatro tempos em cada compasso, é chamado de compasso _____.

5. No compasso binário, utilizamos _____ tempos em cada compasso.

6. A figura de ritmo que preenche quatro tempos chama-se _____.

7. As notas musicais são escritas na _____, que é um conjunto de cinco linhas e quatro _____.

B	L	J	C	Q	M	P	E	R	T	H	S
N	S	E	G	U	N	D	O	F	G	D	X
H	E	C	L	A	V	E	D	E	S	O	L
E	M	H	O	T	B	C	R	T	Z	I	Ç
R	I	Y	G	E	S	P	A	Ç	O	S	E
A	B	E	X	R	P	A	X	Y	S	C	P
C	R	J	F	N	G	U	R	N	W	H	L
P	E	Ç	R	Á	I	T	H	W	C	A	E
W	V	T	D	R	W	A	C	Z	J	T	B
O	E	B	L	I	N	H	A	G	R	M	V
Q	A	U	K	O	A	B	M	E	A	W	O

CAMPTOWN RACES
Stephen Foster

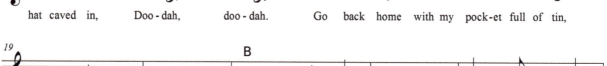

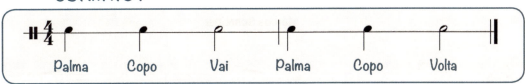

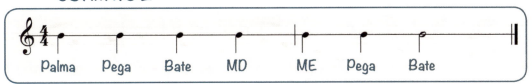

MD = Mão Direita / ME = Mão Esquerda

VAMOS TOCAR EM CONJUNTO?

Cante a canção acompanhando o CD.

Vamos fazer sons com copos? Traga copos plásticos de requeijão vazios e higienizados para realizar a brincadeira rítmica. Realize primeiro o Ostinato 1 e, quando estiver seguro, realize o Ostinato 2. Acompanhe a canção realizando o Ostinato 1 na parte A da canção e o Ostinato 2 na parte B da canção.

Realize a leitura da flauta doce. Quando ela estiver sendo feita com segurança, toque em conjunto em dois naipes: flauta doce e copos.

Stephen Collins Foster foi considerado o pai da canção americana. Nasceu em 1826 e faleceu em 1864. Escreveu mais de 200 canções, sendo "Oh, Suzana" uma das mais conhecidas. Saiba mais: www.stephenfoster.com

Pesquise jogos de copos: *Lenga La lenga: Jogos de mãos e copos*, de Viviane Beineke, São Paulo: Ciranda Cultural, 2006.

Anexo 9
Pág. 115
Jogo da Memória
Notas Musicais

Brinque com os cartões do anexo 9 para memorizar as notas musicais escritas na pauta.

QUADRILHA DOS INSTRUMENTOS
Marcos Schreiber

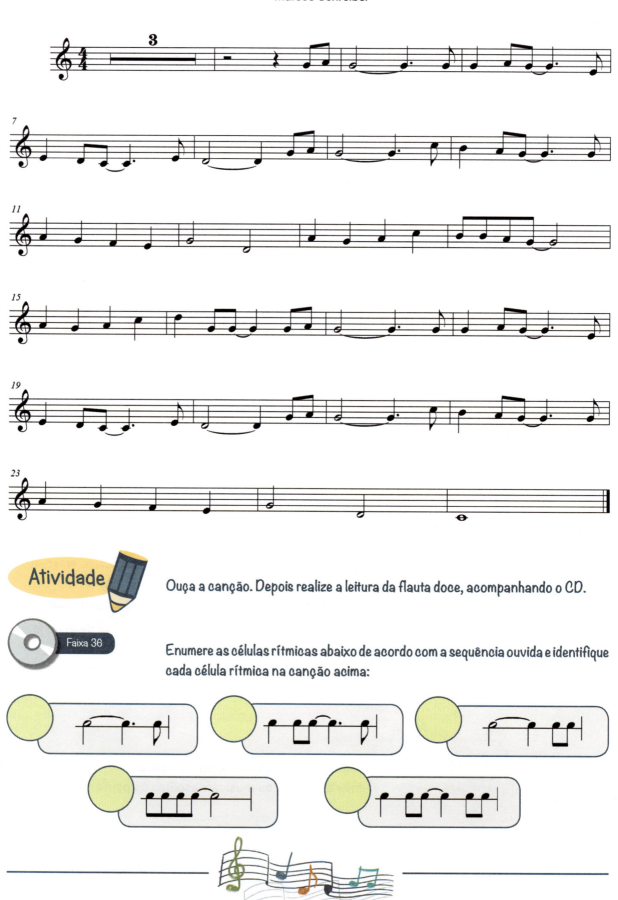

Atividade — Ouça a canção. Depois realize a leitura da flauta doce, acompanhando o CD.

Faixa 36 — Enumere as células rítmicas abaixo de acordo com a sequência ouvida e identifique cada célula rítmica na canção acima:

 **Atividade** VAMOS TOCAR EM CONJUNTO?

Escolha um instrumento de percussão e um dos ostinatos apresentados para acompanhar a canção; depois experimente os outros ostinatos, um a um. Se possível, realize dois ou três ostinatos ao mesmo tempo, em diferentes grupos. Toque em conjunto em dois naipes: flauta doce e percussão com um dos ostinatos escolhidos.

Atividade Reconheça os símbolos musicais e escreva o nome de cada um nas palavras cruzadas abaixo:

PRA LÁ E PRA CÁ

Marcos Schreiber

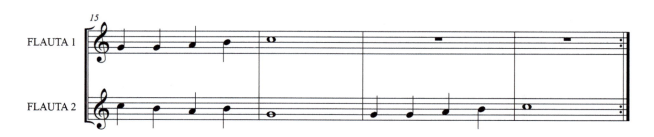

Atividade — VAMOS TOCAR EM CONJUNTO?
Realize a leitura da flauta doce 1, acompanhando o CD. Quando a leitura da flauta doce 1 estiver sendo realizada com segurança, passe à leitura da flauta doce 2. Toque em conjunto em dois naipes: flauta doce 1 e flauta doce 2.

A BANDA
Marcos Schreiber

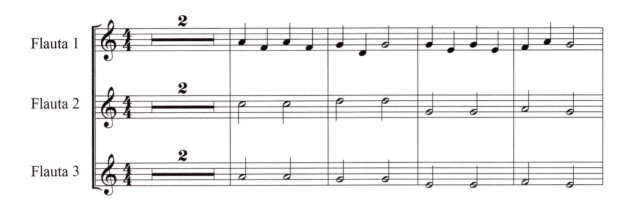

Atividade

VAMOS TOCAR EM CONJUNTO?

Realize a leitura da flauta doce 1, acompanhando o CD. Quando a leitura da flauta doce 1 estiver sendo feita com segurança, passe à leitura da flauta doce 2 e flauta doce 3. Toque em conjunto em três naipes: flauta doce 1, flauta doce 2 e flauta doce 3.

Realize a leitura dos ostinatos rítmicos para percussão acompanhando o CD. Desafie o grupo a tocar em cinco naipes: três grupos de flauta doce e dois grupos de percussão.

Observe na pauta acima a figura **b** ao lado da clave de sol. Note que esse símbolo, que significa *bemol,* está escrito na terceira linha. Isso nos mostra que, na música, toda vez que aparecer a nota Si, deveremos tocar a posição do Si bemol. Esse símbolo é denominado **sinal de alteração** ou **acidente musical**. No caso da flauta doce, quando uma nota tem o sinal de alteração, sua posição para tocar é diferente.

Observe a posição do Si natural e do Si bemol.

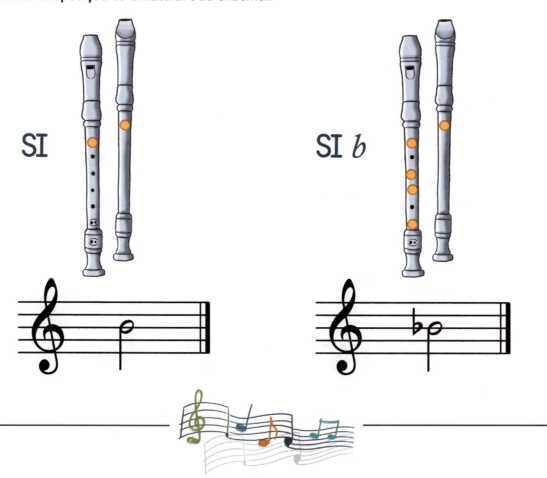

TWINKLE TWINKLE LITTLE STAR

Faixa 39

Melodia Tradicional

Twin-kle twin-kle lit-tle star How I won-der what you are!
Up a-bove the world so high. Like a dia-mond in the sky.
Twin-kle twin-kle lit-tle star How I won-der what you are!

fique de OLHO! Você pode cantar essa canção com a letra do "Alphabet Song"! Algumas melodias possuem mais de uma letra, essa canção é um exemplo.

ARAM SAM SAM

Cultura Popular do Marrocos

 Cante a canção e realize os movimentos corporais sugeridos:

Aram Sam Sam - perna, palma, palma
Guli, guli, guli, guli, guli - mãos em movimento de círculo uma com a outra.
Arafiq, arafiq - mãos acima da cabeça em movimento de rotação.

VAMOS CANTAR EM CONJUNTO?

Um grupo canta a parte A da canção enquanto outro grupo canta a parte B.

Realize a leitura da flauta doce acompanhando o CD.

 Observe a representação do continente africano. Localize e pinte o país do Marrocos.

O Marrocos, localizado no Continente Africano, é oficialmente chamado de **Reino de Marrocos**. A capital deste país é a cidade de Rabat.

Bandeira do Marrocos

Ouça canções do continente africano no CD "África: Putumayo World Music".

Veja o vídeo da canção "África", com a brincadeira "Roda Africana", do DVD As Melhores Brincadeiras da Palavra Cantada. www.palavracantada.com.br

POSIÇÃO DA NOTA FÁ SUSTENIDO

Observe na música acima a figura # ao lado da clave de sol. Note que esse símbolo, que significa *sustenido,* está escrito na quarta linha. Isso nos mostra que, na música, toda vez que aparecer a nota Fá, deveremos tocar a posição do Fá Sustenido. Esse símbolo é denominado **sinal de alteração** ou **acidente musical**. No caso da flauta doce, quando uma nota tem sinal de alteração, sua posição para tocar é diferente.

Observe a posição do Fá natural e do Fá Sustenido.

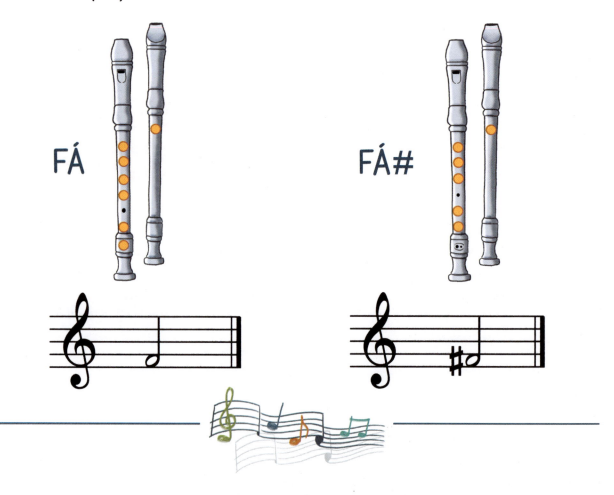

Fragmento da
PEQUENA SERENATA NOTURNA
Wolfgang A. Mozart

Você já ouvir falar de Mozart? Ele foi um prodígio da música. Com apenas 3 anos de idade, já tentava repetir o que a sua irmã tocava. Desde cedo começou a estudar cravo e violino e aos 6 anos já compôs suas primeiras peças.

Wolfgang Amadeus Mozart era filho de Anna Maria Mozart e Leopold Mozart, compositor e violinista. Ele nasceu em Salzburg na Áustria, em 27 de janeiro 1756 e morreu no dia 5 de dezembro de 1791 em Viena, com apenas 35 anos. Compôs mais de 600 peças musicais que permanecem vivas e apreciadas no mundo inteiro.

 Pesquise o áudio ou vídeo de algumas das composições de Mozart: A Flauta Mágica, Sinfonia nº 40, Marcha Turca, Serenata Noturna, Réquiem, entre outras.

Saiba mais sobre Mozart:

"Mozart", Coleção Folha Música Clássica para Crianças, de Isabel Zambujal. São Paulo: Folha de S.Paulo, 2013. (Acompanha CD)

"Crianças Famosas: Mozart", de Ann Rachlin e Susan Hellard. 5ª Edição. São Paulo: Callis, 1993.

"Mestres da Música: Wolfgang Amadeus Mozart", de Mike Veneza. São Paulo: Editora Moderna, 1999.

"Mozart e a Flauta Mágica", de Montse Sanuy e Violeta Monreal. São Paulo: Girassol, 2006. (acompanha CD).

DVD *"A Vida de Mozart:* Minissérie Especial. Alemanha, Versátil e Beta Film, 1991.

DVD *"Amadeus"*. EUA, Orion Pictures Corporation, 1984.

DVD "*VIPO - As Aventuras do Cão Voador.* Soluços Musicais". São Paulo, Editora Ciranda Cultural, 2009.

JENNIE MAMMA
Cultura Popular do Caribe

 Analise a partitura e registre os ostinatos rítmicos que mais se repetiram:

Realize o ostinato descrito com percussão corporal e depois com instrumentos de percussão.

VAMOS TOCAR EM CONJUNTO?

Realize a leitura da flauta doce, acompanhando o CD. Quando a leitura da flauta doce estiver sendo realizada com segurança, toque em conjunto em dois naipes: flauta doce e percussão.

No Mar do Caribe, localizado no Oceano Atlântico, existem inúmeras ilhas e estados insulares, que fazem com que esse local seja conhecido como Caribe, Antilhas ou Índias Ocidentais.

Ouça a canção Jennie Mamma no CD: *Viajando, uma volta ao mundo em 30 canções*, do Coral Artmanhas do Som.

Ouça canções do Caribe no CD: *Caribbean Party*, Putumayo World Music.

EPO I TAI TAI E

Canção Tradicional da Nova Zelândia

E po i tai tai êeee

E po I tai tai êeee   E po i tai tai

E po i tu ki tu ki e po i tu ki tu ki êeee.

 Cante a canção e realize os movimentos corporais sugeridos:

EPO = duas batidas na perna	ÊEEE = quatro estalos de dedos
I TAI TAI = duas batidas de mãos cruzadas no peito	TUKI TUKI = quatro batidas na testa

A letra desta canção nos diz: "Eu não serei triste, eu serei feliz". Ela vem do povo Moori, os habitantes nativos da Nova Zelândia há mais de mil anos. Nosso desejo é que essa música lhe traga a felicidade de fazer música!

 Realize a leitura da flauta acompanhando o CD.

 Observe a representação abaixo. Localize e pinte a Nova Zelândia.

A Nova Zelândia é um país insular, (ou seja, um país cujo território é composto por uma ilha ou um conjunto de ilhas), que se localiza no sudoeste do Oceano Pacífico e é formado por duas massas de terra principais: as Ilhas do Norte e do Sul, além de inúmeras ilhas menores. Esse país localiza-se a 5359 km do Brasil e sua capital é Wellington.

Bandeira da Nova Zelândia

Ouça outras versões desta canção:
"YAPO", do DVD Brincadeiras Musicais 2, Palavra Cantada.
www.palavracantada.com.br

"Epo Itai Tai E", do CD World Music Party – Tato's Kids.

Ouça a canção "Ka Tohia Atu Koe", da Nova Zelândia, CD *Terra Sonora - Continentes: música vocal e instrumental de várias regiões do mundo*.

POSIÇÕES DA FLAUTA DOCE SOPRANO BARROCA

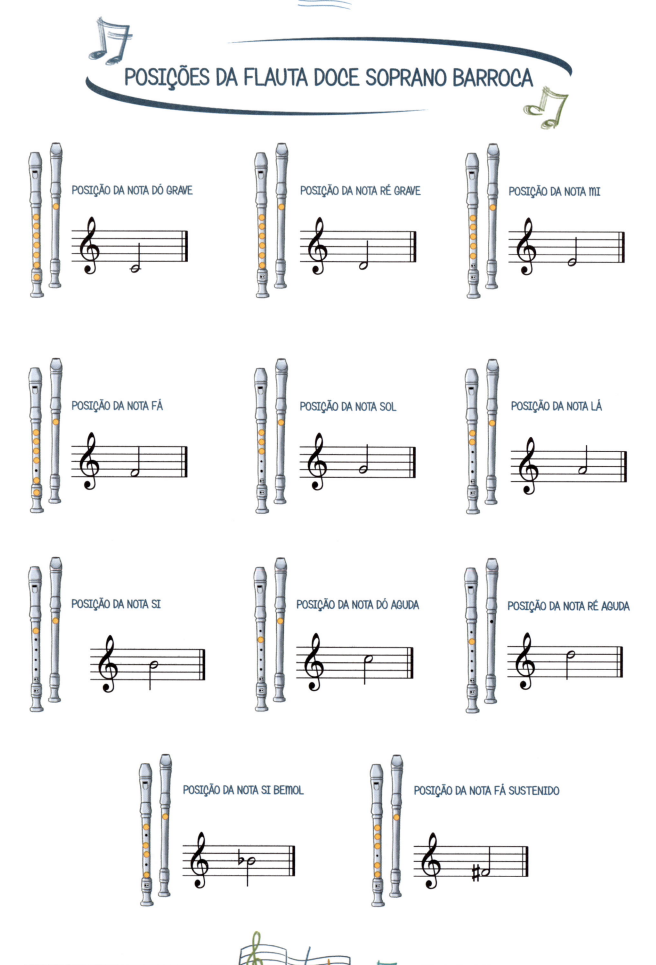

ORIENTAÇÕES PRÁTICAS PARA O ESTUDO DA FLAUTA DOCE

Para um aprendizado efetivo, é muito importante que sejam criadas múltiplas possibilidades no processo de ensino-aprendizagem da canção. Dessa forma, seguem abaixo sugestões que já são utilizadas pelas autoras em suas práticas diárias e que podem ser adaptadas e recriadas em sua prática de ensino:

- Cantar as notas na pauta antes de tocar;
- Fazer a digitação da posição das notas sem emitir som na flauta e cantando as mesmas;
- Executar as células melódicas de cada frase da canção;
- Perceber as dificuldades apresentadas pelo grupo e realizar a execução apenas do trecho ou frase. Repetir e executar frase por frase, com o professor tocando e o aluno repetindo. Outra possibilidade é ter um aluno que toque o trecho e os outros o imitem, realizando repetições diferenciadas;
- Compor com as notas da frase em destaque;
- Destacar a sonoridade, expressão, afinação, respiração e digitação na execução do instrumento, possibilitando diversidade na repetição para um aprendizado concreto e eficaz.

REFERÊNCIAS

ALMEIDA, M.B & DOURADO, M. **Outras terras, Outros sons.** São Paulo: Callis, 2011.

APPLEBY, Amy; PICKOW, Peter. **The library of Children´s Song Classics.** Edited by Liz Seelhoff Byrum. New York: Amsco Publications, 1993.

BEINEKE, Viviane. **Canções do Mundo para Tocar.** Florianópolis: Cidade Futura, 2001, v.1.

_____. **Lenga La lenga:** Jogos de mãos e copos. São Paulo: Ciranda Cultura, 2006.

BOSCH, Agnes. **Coleção Instrumentos Musicais** – flauta doce. São Paulo: Editora Salvat do Brasil Ltda, 2012.

CABRAL, Álvaro. **Dicionário de Música Zahar.** Rio de Janeiro: Zahar Editores, 1982.

DRUMMOND, Elvira. **Caderno Preparatório:** Iniciação a Flauta Doce. Fortaleza: Softcraft Publicações Ltda, 1988.

_____. **Volta e meia Flautear.** Fortaleza: Softcraft Publicações Ltda, 1988.

_____. **Minha flauta não Pode Faltar I:** Iniciação a Flauta Doce. Fortaleza: Softcraft Publicações Ltda, 2ª Edição, 2012.

GUIA, Rosa Lúcia dos Mares. **Tocando Flauta Doce:** Pré-leitura. Belo Horizonte, 2004.

GUIA, Rosa Lúcia dos Mares; FRANÇA, Cecília Cavalieri. **Jogos Pedagógicos para Educação Musical.** Belo Horizonte: Editora UFMG, 2005.

HODNIK, Claudio; CAPUA, Flávio C. de. Sopro Novo Yamaha. **Caderno de Flauta Doce Soprano.** Rio de Janeiro: Irmãos Vitale, 2006.

LOWE, Peter. **Aprende a Tocar la Flauta Divertiéndote:** Um método fácil Y muy divertido. New York: Parragon Books Ltd., 2006.

MAYFIELD, Connie. **Theory Essentials:** an Integrated Approach to Harmony, Ear Training, and Keyboard Skills. Second Edition. Boston: Schirmer, Cengage learning, 2013.

PROSSER, E. S. **Vem comigo Tocar Flauta Doce!** Brasília: Musimed Editora, 1995.

RACHLIN, A. & HELLARD, S. **Crianças Famosas:** Mozart. 5ª Edição. São Paulo: Callis, 1993.

_____. **Crianças Famosas:** Beethoven. São Paulo: Callis Editora, 1995.

SANUY, M., MONREAL, V. **Mozart e a Flauta Mágica**. São Paulo: Girassol, 2006. (livro e acompanha CD).

SCHREIBER, Ana C. R. **Ensino Fundamental Música.** 3º Ano. Curitiba: Positivo, 2010.

_____. **Ensino Fundamental Música.** 4º Ano. Curitiba: Positivo, 2010.

_____. **Ensino Fundamental Música.** 5º Ano. Curitiba: Positivo, 2010.

SCHONBRUN, Marc. **Reading Music:** A step-by-step introduction to understanding music notation and theory. Fall River Press: New York, 2012.

SCORTEGAGNA, A., HASENACK, H., GUERRA, A. e SCHOFFHAM, S. ATLAS GEOGRÁFICO MUNDIAL: Versão Essencial. Curitiba, Ed. Fundamento Educacional, 2007.

SODRÉ, L.A. **Música Africana na Sala de Aula.** São Paulo: Duna Dueto, 2010.

SONGS FOR KIDS. Hal Leonard Publishing Corporation, Milwaukee, 1993.

SWANWICK, K. **Ensinando Música Musicalmente**. Tradução de Alda Oliveira e Cristina Tourinho. São Paulo, Moderna, 2003.

VENEZIA, M. **Mestres da Música:** Beethoven. São Paulo: Ed. Moderna, 1999.

_____. **Mestres da Música**: Wolfgang Amadeus Mozart. São Paulo: Editora Moderna, 1999.

WEILAND, R; SASSE, A; WEICHSELBAUM, A. **Sonoridades Brasileiras:** método para flauta doce soprano. Curitiba: DeArtes, 2008.

WADE, Matthews, MAX & THOMPSON, Wendy. **The Encyclopedia of Music:** Musical Instruments and the art of music-making. Anness Publishing Limited, 2012. 1ª. Edição: Metro Books, New York, 2004.

ZAMBUJAL, I. e PEDRO, M. **Wolfang Amadeus Mozart.** 1.ed. – São Paulo: Folha de S.Paulo, 2013. (Coleção Folha Música Clássica para Crianças; v. 1). Acompanha CD.

_____. **Ludwig van Beethoven.** 1.ed. – São Paulo: Folha de S.Paulo, 2013. (Coleção Folha Música Clássica para Crianças; v. 5). Acompanha CD.

RESPOSTAS

Página 12 - Palavras cruzadas

Página 69 - Caça-palavras

B	L	J	C	Q	m	P	E	R	T	H	S
N	S	E	G	U	N	D	O	F	G	D	X
H	E	C	L	A	V	E	D	E	S	O	L
E	m	H	O	T	B	C	R	T	Z	I	Ç
R	I	Y	G	E	S	P	A	Ç	O	S	E
A	B	E	X	R	P	A	X	Y	S	C	P
C	R	J	F	N	G	U	R	N	W	H	L
P	E	Ç	R	À	I	T	H	W	C	A	E
W	V	T	D	R	W	A	C	Z	J	T	B
O	E	B	L	I	N	H	A	G	R	m	V
Q	A	U	K	O	A	B	m	E	A	W	O

Página 32
- Enumere as células rítmicas de acordo com a sequencia ouvida:

Página 32
- Ordem das células melódicas de acordo com a sequência de cartões que constam no Anexo 4 – folha 2:

Página 60
- Ouça a canção e descubra a sequência das células melódicas utilizadas:

1 2 1 3 1 2 5 4

Página 73
- Enumere as células rítmicas de acordo com a sequencia ouvida:

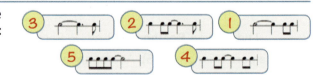

Página 74 - Palavras cruzadas

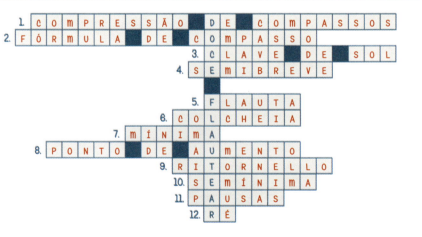

1. COMPRESSÃO DE COMPASSOS
2. FÓRMULA DE COMPASSO
3. CLAVE DE SOL
4. SEMIBREVE
5. FLAUTA
6. COLCHEIA
7. MÍNIMA
8. PONTO DE AUMENTO
9. RITORNELLO
10. SEMÍNIMA
11. PAUSAS
12. RÉ

91

92

93

94

COM MEU CORPO

Marcos Schreiber

Fa - zen - do per - cus - são, u -
Sen - tin - do a pul - sa - ção, u -

san - do o pró - prio cor - po, pri - mei - ro ba - ten - do nas per - nas, de -
san - do os sons do cor - po, mar - can - do os tem - pos bem cer - tos, cri -

pois os de - dos e mãos... Fa - zen - do as - sim:
- an - do for - mas e sons

Fa - zen - do as - sim:

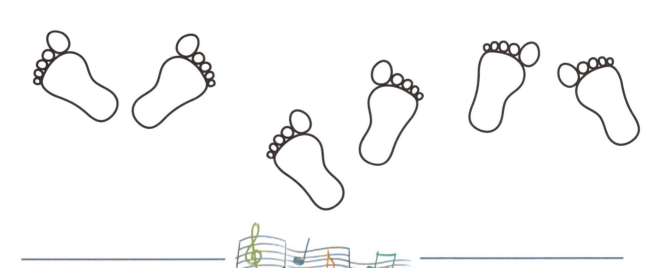

Anexo 3

JOGO DA MEMÓRIA DAS NOTAS E CIFRAS

MI	E	SI	B
RÉ	D	LÁ	A
DÓ	C	SOL	G
𝄞	CLAVE DE SOL	FÁ	F

✂ Recorte na linha pontilhada no verso.

98

JOGO DA MEMÓRIA DAS NOTAS LÁ, SI E DÓ

DÓ – SI – LÁ – LÁ	LÁ – LÁ	SI – LÁ – LÁ
LÁ – SI – DÓ – DÓ	SI – DÓ	LÁ – DÓ – LÁ – DÓ
DÓ – SI	DÓ – LÁ	DÓ – DÓ
LÁ – SI	LÁ – DÓ	SI – SI

 Recorte na linha pontilhada no verso.

 **JOGO DA MEMÓRIA DAS NOTAS LÁ, SI E DÓ**

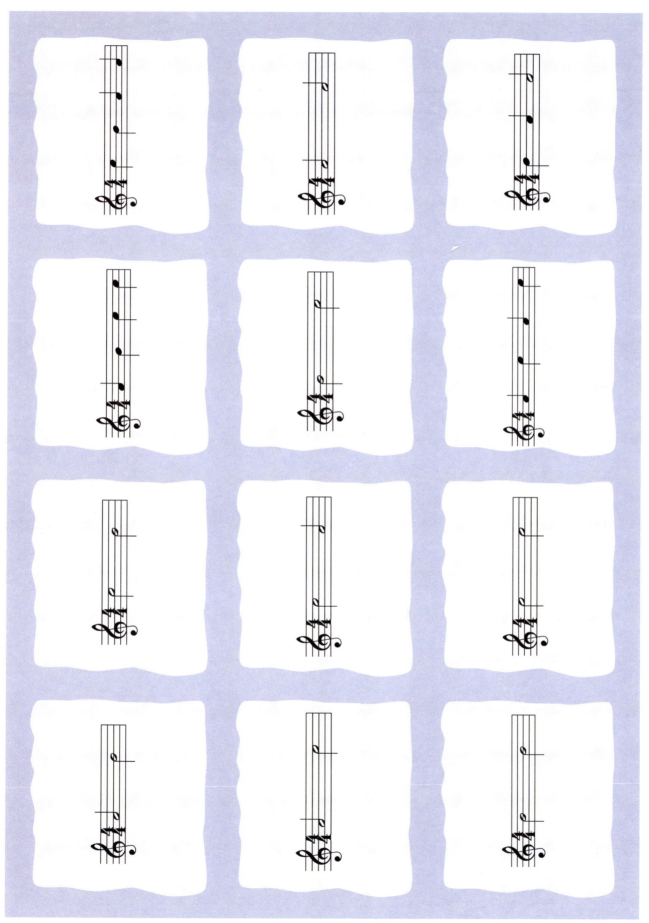

✂ Recorte na linha pontilhada no verso.

Doce Flautear	Doce Flautear	Doce Flautear
Doce Flautear	Doce Flautear	Doce Flautear
Doce Flautear	Doce Flautear	Doce Flautear
Doce Flautear	Doce Flautear	Doce Flautear

 FIGURAS DE SOM E SILÊNCIO

 Recorte na linha pontilhada no verso.

Anexo 6    JOGO DA MEMÓRIA DAS NOTAS SI, DÓ E RÉ

DÓ – SI	RÉ – RÉ		
RÉ – DÓ	RÉ – DÓ – SI – DÓ		
DÓ – DÓ	DÓ – DÓ – SI – SI		
SI – SI	SI – DÓ – RÉ – RÉ		

✂ Recorte na linha pontilhada no verso.

Doce Flautear

Anexo 7 — folha 1

JOGO DA MEMÓRIA DAS NOTAS SOL, LÁ, SI, DÓ E RÉ

SI – SOL – LÁ	LÁ – SI – DÓ	DÓ – SI – LÁ
RÉ – DÓ – SI	LÁ – DÓ – SOL	LÁ – DÓ – SI
SOL – RÉ – DÓ	SI – LÁ – SOL	RÉ – SI – SOL
SOL – LÁ – SI	LÁ – SI – RÉ	SOL – SI – DÓ

✂ Recorte na linha pontilhada no verso.

JOGO DA MEMÓRIA DAS NOTAS SOL, LÁ, SI, DÓ E RÉ

 Recorte na linha pontilhada no verso.

JOGO DA MEMÓRIA DAS NOTAS FÁ, MI, RÉ E DÓ

DÓ – MI – RÉ	MI – FÁ – DÓ	FÁ – DÓ – MI
FÁ – MI – RÉ	DÓ – MI – FÁ	DÓ – FÁ – RÉ
RÉ – MI – FÁ	MI – DÓ – FÁ	RÉ – DÓ – FÁ
DÓ – RÉ – MI	RÉ – FÁ – MI	MI – RÉ – FÁ

 Recorte na linha pontilhada no verso.

Doce Flautear

Anexo 8 folha 2 JOGO DA MEMÓRIA DAS NOTAS FÁ, MI, RÉ E DÓ

 Recorte na linha pontilhada no verso.

Doce Flautear

JOGO DA MEMÓRIA DAS NOTAS MUSICAIS NA PAUTA

Recorte na linha pontilhada no verso.